Oskar Klockhoff

Små bidrag till nordiska literaturhistorien under medeltiden

1. Om Osvalds saga. 2. Om Elis saga. 3. Om Partalopa rímur

Antigonos

Oskar Klockhoff

Små bidrag till nordiska literaturhistorien under medeltiden

1. Om Osvalds saga. 2. Om Elis saga. 3. Om Partalopa rímur

Oförändrat nytryck av originalutgåvan från 1880.

1:a upplagan 2024 | ISBN: 978-3-38692-046-9

Antigonos Verlag är ett imprint av Outlook Verlagsgesellschaft mbH.

Verlag (Förlag): Outlook Verlag GmbH, Zeilweg 44, 60439 Frankfurt, Deutschland
Vertretungsberechtigt (Auktoriserad representant): E. Roepke, Zeilweg 44, 60439 Frankfurt, Deutschland
Druck (Tryckeri): Libri Plureos GmbH, Friedensallee 273, 22763 Hamburg, Deutschland

SMÅ BIDRAG

TILL

NORDISKA LITERATURHISTORIEN

UNDER

MEDELTIDEN

AF

OSKAR KLOCKHOFF

1. OM OSVALDS SAGA.
2. OM ELIS SAGA.
3. OM PARTALOPA RÍMUR.

UPSALA 1880
ESAIAS EDQUISTS BOKTRYCKERI

1. Om Osvalds saga.

I inledningen till sin upplaga af den isländska Osvalds-sagan (Ann. f. nord. Oldk. og Hist. 1854) har Jón Sigurðsson framstält den åsikten, att denna saga är författad på Island efter engelska källor, hvilka han anser utgjorts af: 1) Bedas framställning af Osvalds historia, 2) en samling legender om Osvalds mirakler och 3) en berättelse om Osvald såsom hufvudkälla. Men härvid är det att märka, att de två sistnämda känner man eljest icke till och att öfversättarens kännedom om Beda är, såsom vi i det följande skola se, högst tvifvelaktig. En annan mening framstäldes två år därefter af Zingerle, hvilken uti "Die Oswaldslegende" (Stuttgart und München 1856, s. 87, not.) antager, att den isländska bearbetningen icke är annat än en öfversättning af en gammal högtysk legend om St. Oswald, af hvilken han meddelar ett aftryck (anf. arb. s. 43—66) och hvilken finnes intagen i den högtyska legendsamlingen "Leben der Heiligen". Denna mening har sedan biträdts af Edzardi, som uti "Untersuchungen über das gedicht von St. Oswald" (Hannover 1876, s. 3—10) mellan de isländska och högtyska bearbetningarna anför en rad af likheter och stundom en nästan ordagrann öfverensstämmelse.

Men å andra sidan finnas emellan det af nämde författare antagna originalet och den isl. sagan åtskilliga olikheter, af hvilka en del visserligen kan betraktas såsom härledande sig från öfversättaren, oberoende af hans original, en del åter synes närmare öfverensstämma med andra bearbetningar af legenden än den, som blifvit aftrykt af Zingerle. Detta har föranledt Edzardi att (Unterzuchungen s. 8) bortom den sistnämda ställa en annan äldre och fullständigare, på hvilken den isländska öfversättningen skulle stödja sig. Detta antagande äger visserligen intet hinder för sig, då man af så många exempel vet, huru ofta den ena bearbetningen aflöser den andra. Dock bör man i första rummet undersöka, huruvida ej hvad som finnes bevaradt, kan lämna en tillfredsställande förklaring till den isländska sagans tillkomst. Såväl Zingerle (anf. arb. s. 41) som Edzardi (anf. arb. s. 5) hafva påpekat, att den högtyska legendsamling, som är känd under namn af "Leben der Heiligen", och i hvilken Oswaldslegenden är intagen, finnes trykt flere gånger under femtonde och sextonde århundradena, men ingen af dem har ansett det nödvändigt att undersöka, huruvida beträffande Osvaldslegenden några afvikelser mellan de olika trycken förefinnas. Dock skulle utan tvifvel detta varit på sin plats, då det gäller att bestämma förhållandena mellan de olika redaktionerna, särskildt mellan den nordiska å den ena sidan och de tyska å den andra, och det visat sig, att den förstnämda i åtskilliga punkter är oberoende af den redaktion, som finnes trykt hos Zingerle. Jag har därför jämfört Zingerles aftryck med två af de gamla upplagorna [1]), och härvid har jag anmärkt icke så få väsentliga olikheter. Hvad namnen beträffar, så hafva de sistnämda *Pia, Aianus, Lindissino* och *Hymelfeld* [2]), där Zingerles aftryck har *Pay, Aidanus, Laudissimo* och *Hewenfeld*. Vidare förekommer äfven en mängd andra olikheter, bland hvilka jag här nedan skall anföra sådana, som äro af intresse för bedömandet af den isländska Osvaldssagans ställning till sina källor.

Zingerles aftryck.	Nürnberger och Augsburger uppl.
43,12: *(Den korp, som Osvald ägde, förstod latin)* und was sprache man wolt.	*tillägget saknas.*
44,11: grafen.	grafen und freyen.
44,14: es solt ain gute frucht von im komen, und sprachen zu im, er solt ain frawen nemen.	*endast* er solt ein iunckfrawen nemen.
44,23: englischer waller.	*endast* waller.
45,1: sal.	palast.
49,10: hat got in dem jar drey-stund kund getan (= *Augsburger uppl.*).	hat unser lieber herr Jesus cristus der almechtig got drey-stund in dem iar kundt getan.
50,14: ir sult mit ewch nemen in yeden kyel tawsent man und auf acht jar speyse.	ir solt mich mit euch nemen.
56,5: viertzehn.	vierzebe.

---

[1]) Den ena trykt i Nürnberg 1488, fol., den andra i Augsburg 1496, qvart. Båda finnas i Stockholms bibliotek; den sistnämda innehåller blott »Sommertheil» (felaktigt på titelbladet kallad »Wintertheil»).

[2]) I Augsb. uppl. är här en lucka, men på ett insatt papper är det felande ifyldt efter en upplaga, som haft Hymelfeld.

Jämföra vi ofvan anförda ord och uttryck med motsvarande i den isländska sagan, så finna vi först, hvad namnen angår, att *Pia* motsvaras af *Pia* eller *Pija* och *Lindissino* af *Limdissino* samt att äfven med afseende på det öfriga den isl. sagan står närmare Nürnb. och Augsb. upplagorna än Zingerles aftryck. I dessa fall behöfva vi således ej tänka på någon äldre, förlorad redaktion såsom den isländska sagans original, om nämligen hvad som anförts, skulle befinnas vara ursprungligare [1]).

Men om vi på detta sätt kunna förklara några af den isländska sagans afvikelser, så är detta dock icke fallet med de öfriga, som äro för vidtomfattande för att endast grunda sig på olika handskrifter. Vi vilja i det följande äfven belysa dessa, men skola först med några ord beröra den enda handskrift (cod. holm. perg. fol. no. 3), i hvilken Osvalds sagan finnes bevarad, samt tiden, då sagan öfversattes till isländska. Dessa frågor har Edzardi lämnat å sido, då deras besvarande ej stod i sammanhang med det resultat, till hvilket han ville komma.

Osvaldssagans handskrift sättes af Jón Sigurðsson till senare delen af femtonde århundradet; likaså

---

[1]) Att i sin helhet undersöka detta, har ej ingått i min plan. Hvad namnen beträffar, synes Zingerles aftryck delvis vara ursprungligare. *Pay* kommer närmare det i andra bearbetningar förekommande *Pauge* (l. *Pange, Paing). Parig* (l. *Parg); Hewenfelt* är det ursprungliga engelska namnet på stället, där Osvald var jordad, och förekommer jämte *Aidanus* redan hos Beda. Däremot är *Lindissino* i Nürnb. och Augsb. uppl. äldre än *Laudissimo* hos Zingerle, hvilket Bedas *Lindissi* visar.

5

af Möbius, som i sin bok "Analecta norrœna" intagit ett stycke af sagan för tiden 1450—1500. Unger, som för sina "Heilagra manna sögur" tagit närmare kännedom om åtskilliga i denna handskrift förekommande legender, vill på goda grunder framflytta tiden för dess tillkomst åtminstone efter 1500. Han visar nämligen först, att årtalet 1488 förekommer i legenden om St. Anna, hvilket gör det nödvändigt att antaga, att den är nedskrifven efter denna tid. Slutet af denna legend saknas i handskriften, men till all lycka finnes densamma fullständig på svenska [1], och här förekommer mot slutet årtalet 1504 [2], som således högst antagligt skulle hafva stått äfven i den isländska, om den varit fullständig. Härigenom framflyttas tiden ännu mer eller till början af sextonde århundradet. Till samma resultat kommer man, om man betraktar språket. Den isländska, som här förekommer, är uppblandad med en hel mängd främmande ord, som under isländskans klassiska tid sällan eller aldrig förekomma och knappast i det nuvarande språket vunnit fast fot. Sådana äro t. ex. *makt, mektogr, nauva* (= *varla*; lågt. *nouwe*), *ske, spacera, þenkja, þvinga*; sammansättningar med *by-*, såsom *byvisa, byfalla, byhaga, bykvæmr*, med *for-*, såsom *forgengiligr, fornema, forsuma*, med *-heit*, såsom *verdogheit, herligheit*. Vidare visar språket en långt gången upplösning af de gamla formerna, t. ex. användande af nom.

---

[1] Trykt af *Rietz* i *Scriptores Svecici Medii ævi* II, Lundæ 1843, p. 161—264 och i *Ett fornsv. legendarium*, 3:e band., s. 583—727 (i Sv. Fornskr. sällsk. saml.)

[2] Se Fornsv. legendar. s. 726.

för öfriga kasus vid släktskapsorden, såsom *systir* för *systur*, adjektiven i mask. form i st. f. fem., såsom *kæri jungfru*, *miukara sæng*, *allan tid*, verben med ändelsen *-um*, *-u* i konjuntiven för *-im*, *-i*, såsom *mættum*, *ættu*, för *mættim*, *ætti*, nybildade former, såsom *giordr* för *görr*, *brodrs* för *brodur*, användande af *til* med ack. (vid namn) och många andra [1]. Man kan således beträffande språket säga, att de förändringar, som inträdt i nyisländskan, redan här äro till största delen genomförda. Alt detta gör det otvifvelaktigt, att handskriften ej är äldre än början af det sextonde århundradet. Men häri ligger naturligtvis intet hinder för, att särskilda sagor kunna vara mycket äldre. Detta är ock bevisligen fallet med flere af dem. Sådana äro Ambrosius saga, Laurentius saga (delvis) och Stephanus saga, hvilka i hufvudsak öfverensstämma med de i "Heilagra manna sögur" efter andra, äldre handskrifter utgifna; men här och där förekomma i dessa öfverarbetningar och tillägg, som tydligen härleda sig från den person, som verkstält hela samlingen. Stundom visar sig det nya vara hämtadt från andra bearbetningar, men ofta är det utom alt tvifvel sagosamlarens eget. Detta förhållande är särskildt värdt att fästa sig vid; ty det hjälper oss att förklara åtskilliga af de egendomligheter, som förekomma i Osvalds saga, såsom vi i det följande skola få se. De flesta sagorna äro dock alldeles enstående inom den isländska literaturen eller ock framträda de här i en från öfriga, som behandla

---

[1] Exemplen äro tagna dels från Osvalds saga dels från andra i samma handskrift förekommande sagor.

samma ämnen, alldeles afvikande redaktion. Dessa
sistnämda sagor äro ock de, i hvilka språket mest
visar sig vara uti upplösning, och äro därföre att betrakta som mycket sent författade. Den omständigheten, att i dessa så många tyska ord förekomma,
bland hvilka särskildt det i Antonius saga och kanske
äfven i andra förekommande lågtyska ordet *nauva*
är anmärkningsvärdt, samt att den svenska legenden
om St. Anna, hvilken är densamma som den i denna
isl. handskrift intagna, uppgifver sig vara öfversatt
från tyska (se Fornsv. legendar. 3, sid. 727), har
kommit Unger (Heilagra manna sögur; Forord s. II,
not.) att förmoda, att till grund för dessa sagor ligger en plattysk legendsamling, utan att han dock kunnat påvisa någon bestämd.

: Detta har ledt min tanke på en närmare undersökning af den lågtyska legendsamling, som är känd
under namnet "Passionael efte dat levent der hyllichen" och finnes trykt flere gånger i slutet af femtonde och början af sextonde århundradet [1]). Denna
legendsamling utgör ett motstycke till den högtyska
"Leben der Heiligen" och torde till största delen vara
öfversatt direkt från denna. Några afvikelser finnas
dock, hvilka äro att förklara dels så, att originalet

.[1]) Jag har haft tillfälle att se upplagorna af åren 1492,
1499, 1511 och 1517, de två första trykta i Lübeck, de två
sista i Strassburg (den första och tredje finnas i Linköpings
bibl., den andra och fjärde i Stockholms). De torde alla vara
att hänföra till en enda, som flere gånger blifvit omtrykt.
Den älsta, som jag sett anförd, är af år 1488 (i Köpenhamns
kungl. bibl.).

varit något annat än de af mig förr åberopade trycken, dels att den lågtyske öfversättaren i någon mån bearbetat detsamma. Visserligen innehåller samlingen i inledningen en annan uppgift, nämligen att den är öfversatt från latin [1]), men detta torde gälla endast en del, såvida man ej får anse, att det blifvit öfverfördt från den högtyska samlingen till den lågtyska — en sak, som såsom ej vidkommande vårt ämne må lämnas oafgjord. Från denna källa torde äfven Langebek (Scriptores rer. dan. tom. 2 p. 535) hafva hämtat anledning till sitt yttrande om det lybska passionalet: "liber ille ex latino in linguam saxonicam inferiorem versus est".

I denna lågtyska legendsamling återfinnas flere utaf de i cod. holm. 3 perg. fol. intagna sagorna, hvilka eljest icke förekomma på isländska. Bland dessa är Osvalds saga.

Vi öfvergå nu till att redogöra för den isländska sagans förhållande till Osvaldslegenden i "Dat Passionael". En jämförelse mellan de olika bearbetningarna har visat, att den förstnämda i en mängd fall närmare öfverensstämmer med den lågtyska legenden än med den högtyska. Vi meddela här några bevis därpå.

---

[1]) »Passionael efte Dat leuent der hyllichen to düde: vth deme latiøno: Oc velen nyen hystorien vnde leren de beth heer to den mynschen vor unkert(?) vnde verborghen sint ghewezen: vnde nu vp dat nye Gude to laue: vnde synen leuen hilighen: vnde to nütte allen Christen mynschen in dat lycht ghebracht» (enl. 1511 års uppl.).

Högtyska legenden [1]).	Lågtyska legenden [2]).	Isländska sagan.
44,6: drewtzehen kunigreich dienten vnd newn aptey und zwelf pisthtum (*Augsb. uppl.*: bischoff) vnd het ain gross volk, das im dienet.	vele grote heren bisscoppe vnde abbete deneden.	**28,19**: herrar ók höfðingjar, biskupar ok ábáthar stóðu fyrer hanns borðum ok þjónuðu.
45,19: du hast ain wol redenden rappen.	du hefst enen rauen.	**34,17**: þjer hafit einn hrafn.
48,19: aoht jar.	.iij. iaer.	**42,16**: þrjú ár.
49,10: (*Nürnb. uppl. jfr. s. 3*) hat unser lieber herr Jesus cristus der almechtig got dreystund in dem iar kundt getan.	heft ghedaen vnse leue here Jhesus christus in dysseme iare.	**44,7**: hefur gjörtt vor herra Jesús Cristus nú á þessu árenu.
49,16: des lassen wir got walten.	dat sy gode gheclaghet. vnde synre leuen moder Marien.	**44,16**: þat sje fyrer guðe klagat ok hanns kærre móðer Maríu.
49,18: Do erhört in vnser herre vnd sein liebe muter Maria.	do vorhoerde god syn bed.	**44,19**: Enn guð heyrðe ákall hanns.
49,21: Dat tet der engel zu hant.	dat dede he. vnde brochte dat deme rauen wedder.	**44,23**: þat gjörer hann, ok færer hrafnenum þessa hlutena aptur.

---

[1]) Enligt Zingerles aftryck, såvida det i de anförda fallen öfverensstämmer med Nürnb. och Augsb. uppl.; eljest någon af dessa.

[2]) Enligt upplagan af 1511.

Högtyska legenden.	Lågtyska legenden.	Isländska sagan.
51,15: gab vnser herr (*Nürnb. och Augsb. uppl.* fraw) als pald ain als grossen wint, der furt den rappen in achtzehn tagen zu sant Oswalt.	*saknas.*	50,1: *saknas.*
52,21: ich sich wol, das ir kristen seit.	Ik se dat an iuwer cledinghe is eyn teken des kruces. dat bedudet dat gy alle cristen sint.	54,15: Eigi mun so vera sem mjer sýnezt, at þjer berit krossmarck á yðrum klæðum aller, ok veith ek þá vijst, at þat mercker at þjer erut kristner aller.
53,6: hirsz, der was aller vberguldet, der lop gar pald.	herte. dat was vthermaten schone.	56,4: hjörtt mjög ágæthann.
55,12,16: das ainem man pis an die knye gee.	*saknas.*	66,4,16: *saknas.*
56,11: Eines mals — Da kumen vil pilgerein.	Tho ener tijd vp den pasche dagh — Do quemen noch ander pelegrime.	68,13: So bar thil á einum páskadeigi — þá qvomu enn aðrer fáthæker.
56,15: *saknas.*	vnde heet de to breken.	68,18: ok bauð at brjótha hann í sunndr.
57,6: zu Rom.	in Engelant.	70,3: á Einglande.
59,18: *saknas.*	du almechtighe god.	76,10: þú almecthogur guð.

Högtyska legenden.	Lågtyska legenden.	Isländska sagan.

Högtyska legenden.

60,4: Do chlagt man den lieben herrn sant Oswalt gar sere vnd pegrub in mit andacht. Do tet got grosse wunder durch seinen willen vnd tut ez noch allen den menschen, die zu seinem grabe koment. Den tut got gütlichen durch seines dieners willen sant Oswaltz, wan wer zu seinem grabe kumpt, vnd in mit ernst anruft, es sey ymb siechtung, oder was im anliget, dez wirt er allez von im gewert.

Lågtyska legenden.

Do leet de konnynk von mericien syn houed vnde de arme aff houwen. vnde henk se schentlicken by den wech. Eyn iar darna quam de konnynk Oswinus in sunte Oswaldus stede vnde nam sunte Oswaldus houed vnde syne arme. unde begroeff se erliken. vnde got dede grote teken dorch synen wyllen. vnde trostet noch alle de mynschen de to syneme graue komen. wente so we to syneme graue komen vnde ene mit ernste anropen. dat sy vmme guet edder ere. efte wat en schadet. dat werd en alle entwidet.

Isländska sagan.

76,25—78,16: Efter þat ljet konungrinn af Mericien thaka hanns líkama, ok ljet höggva bæðe haufuðit ok báða handlegginna af honum, ok bauð at heingja þetta hvortheggja hjá almennings gauthu, þar sem flester fære umm, honum til háðungar. — — Ein áre efter þetta kom eium konungr í stað Osvalldz konungs, er hjet Osvinus. þessi konungr ljeth thaka sancte Osvalldz haufuð ok hendr, ok bjó um þat merchiliga, ok bauð at látha grafa með allre verðogheit, ok so var gjörth. Ok guð allmátthogr gjörðe þa bæðe margar ok stórar jartheikner fyrer síns vinar skulld, sancte Ausvaldo, ok enn í dagh er

Högtyska legenden.	Lågtyska legenden.	Isländska sagan.
		so, at hverjer, sem sækja til hanns grafar ok biðja hann hjálppar með rettu ákalle, hvortt sem er helldr umm góðz eðr æru, eða hvat annat er menn biðja hann fullthings umm, þá verðr þeim þat þar veitt af guðe.
64,19: Celestis.	Celestis locus.	90,11: celestis locus (jfr Beda: cœlestis campus).

65,1 ff. innehåller några järtecken, som skedde vid Osvalds graf, hvilka hvarken förekomma i lågtyska legenden eller i den isländska sagan. Den sistnämdas afslutning (s. 90,15 ff.) är själfständig.

På grund af ofvan meddelade beröringspunkter mellan den lågt. och isl. bearbetningen nödgas vi helt och hållet förkasta Edzardis mening om den isländska sagans ursprung ur en förlorad äldre högtysk redaktion och i stället anse det otvifvelaktigt, att dess hufvudsakliga källa är lågtysk. Men ännu återstå några punkter, i hvilka den isländska sagan innehåller uppgifter, som Edzardi anser häntyda på bekantskap med andra redaktioner af Osvaldslegenden än dem vi i det föregående undersökt. Härvid kunde man vara frestad att tillgripa samma utväg till deras förklaring som Edzardi på sin ståndpunkt, nämligen antagandet

13

af en äldre lågtysk redaktion såsom den isländska sagans källa. Men någon sådan känna vi ej till, och språket i sagan visar, såsom vi hafva ofvan påpekat, att den är mycket sent och troligen ej före 1500 författad, hvilket alt gör det sannolikt, att källan är någon af de trykta legendsamlingarna från slutet af det femtonde och början af det sextonde århundradet. Dessa voro utan tvifvel kända och begagnade i hela Norden strax före reformationens införande [1]). Men huru äro då ställen i den isl. sagan att förklara, hvilka, såsom det tyckes, häntyda på andra bearbetningar af Osvaldslegenden? Vi vilja i det följande söka att gifva dessa sin förklaring.

I sina "Untersuchungen" (s. 5) påpekar Edzardi, att isländska sagan (s. 30,8—32,10) innehåller en vidlyftig skildring af de underhandlingar, som Osvalds män hade med Osvald, då de ville förmå honom att söka sig en gemål. Något motsvarande finnes hvarken i Zingerles aftryck eller i lågtyska legendsamlingen, men något liknande finnes däremot i den kortare Osvaldsdikten (hs. OW). Detta är dock endast en tillfällig likhet, ty dess källa är att söka på närmare håll. Vi förmoda nämligen, att detta ställe inkommit hit ur Henriks saga ok Kunegundis, som också förekommer i samma handskrift, öfversatt äfven denna från lågtyska, och står närmast före Os-

---

1) Äfven på svenska hafva vi öfversättningar från lågt. passionalet; t. ex. Johannes Krysostomos saga (trykt i Fornsv. legendarium 2:a band. s. 660—675), hvilken också själf i slutet anger detta (»Ey finz mer aff thenna hælga herran i tyska passionali»).

valds saga. I denna hör den skildring hemma, som här framställes. Henrik hade enligt legenden aflagt celibatslöfte, och det var endast efter långa underhandlingar, som han lät förmå sig att villfara sina mäns önskan, att han skulle välja sig en gemål. Vi anse det nödvändigt att meddela detta ställe ur Henriks legenden både enligt "Passionael" och den isländska handskriften, beträffande den sistnämda dock med uteslutning af sådant, som ej äger motsvarighet i originalet.

<table>
<tr><th>Passionael.</th><th>Isl. handskr.</th></tr>
</table>

Passionael.	Isl. handskr.
Do nu dat deme keiser alzo lukliken ghegan was, vnde dat rike alzo bi em stunt, do betrachtede de heren wo ein gut slechte van dem keiser queme, dar de werld van mochte getrostet werden, vnde beden den keiser, dat he ene vrowen neme darvme leghen se em an. Dat was em swar, wente he hadde vnsen heren Jesum Cristum uterkoren to eneme eruen. Dat wysten se nicht vnde spreken ouer to dem keiser: Dat enbetemet deme rike nicht vnde is nicht wontlich, dat gy dat allene hebben. Do trostede sik de keiser godes, deme he hadde sine kusckheit ghelauet bit in sinen döt vnde sprak to sinen heren, dat se em gheuen ene vrouwen, de em vnde	— — — — Og þaa keisarinn hafde nockvra stvnd hvillt sig eftir langa reisv, þaa eitt sinne thokv sig vpp nockvrer af þeim megthogvztvm i Roma og gengv fyrir keisarann og savgdv til hans med þessum ordum: Werdogazthe herra, nv eftir þvi at gvd hefir giefit ydr so fagran sigr og mikinn, sem þier sialfir vel vithed, og so hafit þier samit og sett ydart rike nv i godan matha, þa med ydrv godv orlofe, kæraste herra, hofvm vær hvgsat vm nockvt efne aa ydra vegna, at so mege ecki standa, at þier eigit ecki drottningv en rikit erfingia laust; en vær vilivm þo allra helzt eiga at vera vndirgiefnir yðrv afqvæme og yort afspringe — —

Passionael.	Isl. handskr.
·deme ryke bequeme were (en-ligt 1499 års uppl.; jfr Hein-rich und Kunegunde von Eber-nand von Erfurt, hsg. v. Bech-stein i Bibl. d. gesammt. deutsch. Nat. Lit. B. 39, v. 702—802).	— — keisarinn er vmm þetta efne miog hvgsande, — — — — eg hefir lofat gvde at halda hreinlife alla vora daga. þaa savgdvzt þeir þat ecki hafa vithat — — — — (og) thalade einn þeirra til og sagde: Verdoge herra þier vithed þat vel sialfir, at ri-kinv kemr þat ecki vel — — — — (Keisarinn segir:) Nv, kære vinir — — — bidr eg ydr alla, at þier siait mier þat rad thil handa, sem mier sie vel byqvæmeligt at eiga og rikinv til nytsemda.

Jämföra vi det ofvan ur Henrikslegenden af-
trykta med det åberopade stället ur Osvaldssagan,
så finna vi, att samma tankar i denna återkomma;
ja, vi återfinna till och med samma uttryck i båda,
såsom kan ses af det följande:

Henriks saga.	Osvalds saga.
Werdogazthe herra, nv eftir þvi at gud hefir giefit ydr so fagran sigr ok mikinn, sem þier sialfir vel vithed, og so hafit þier samit og sett ydart rike nv i godan matha — — — — *so mege ecki standa, at þier eigit ecki drottningv en rikit erfingia laust* [1]); *en*	*Verðoge herra! nú frá þvi at þjer*	*hafit sett ok samit yðart rike* — — — *þá þyker oss þat hellzt á vantta, at þjer eigit avngva drottvingv,* — — — — — — *vær villdvm ecki gjar-*

---

[1]) Jfr Osv. s. 30,6: so at rikit stæde ecki so leingr erfing-jalaust.

Henriks saga.	Osvalds saga.
vær vilium þo allra helzt eiga at vera vndirgiefnir ydrv afqvæme og vort af-springe — — — eg hefir lofat gvde at halda hreinlife alla vora daga.	*nan eiga gjefazt leingr under þá herra, er ecki eru rettheliga komner til rikes-sins — — — — enn með hreinne samvithzku var honum í hug at qvongazt ecki, heldr at hallda hveinlife.*

Den naturliga förklaringen härtill är, att sago-samlaren, då han nyss förut behandlat Henriks historia, lät de tankar, som han där framstält, återkomma äfven i Osvalds, som i några afseenden bildar ett motstycke till den förres. Detta antagande står i full öfverensstämmelse med det förhållande, som vi ofvan (s. 6) anmärkte, att sagosamlaren sökte att bearbeta och fullständiga de olika legenderna. Därnäst påpekar Edzardi (s. 6) vid isl. 36,25—38,12 åtskilliga andra likheter med tyska dikter. Dessa äro alt för obetydliga för att vi skola behöfva söka någon annan grund till likheten än tillfälligheten. Mera vikt skulle man kunna fästa vid 42,26 f., där vid skildringen af den storm, som öfverföll korpen, då han förde brefvet från Pia till Osvald, följande tillägg finnes, som saknar motsvarighet i passionael: *so at hann gath varla stýrtt sjer, ok slithnuðu böndinn umm gullhringinn ok so líka um brjefit — — — — ok fló (sc. hrafn) thil landz.* Edzardi har här uppvisat en iögonenfallande likhet med Sant Oswaldes leben (utg. af Ettmüller) v. 1139 ff:

er mohte sînes vluges niht mê gehaben, — — —
diu sîdîn snuore sich erlôst — — — —
er vlouc des meres an ein ende.

Dock kan detta icke tyda på någon bekantskap med den tyska dikten, utan måste förklaras antingen så, att den plattyska legendsamlingen, som legat till grund för isl. sagan, i detta fall varit fullständigare än den jag sett, eller ock att den isl. bearbetaren, som altigenom försett sagan med godtyckliga tillägg, här träffat det rätta. Samma ursprung torde ock de öfriga ställen hafva, för hvilka Edzardi lyckats uppvisa någon motsvarighet uti tyska dikter, t. ex. 44, 24—29, 48,14 f., 23—25 och 27 f., 50,7 f. och 13 f., 62,2—5, 9 f., 19—28 m. fl. (Edz. s. 7 f. [1]). Särskildt kan 62,24, hvarpå han lägger särskild vikt, lätt förklaras ur nordiska källor, ty *finnask, (mœtask) undir einni ey* är ett i sagorna ofta förekommande uttryck, och hvad Gaudons anropan af Machamet (s. 66,18) beträffar, så är den endast ett återupprepande af Pia's ord, då hon bad om befrielse ur tornet (s. 60,25 f.; jfr detta ställe hos Zingerle (och i passionalet): *wa möcht vnser got machmet das getun?)* På grund af föregående undersökning tro vi, att den isländska Osvaldssagan icke haft någon annan källa än det lågtyska passionalet, och att afvikelserna därifrån äro öfversättarens egna, godtyckliga tillägg. Stundom har han gifvit sig sken af studier öfver ämnet, då han åbe-

---

[1] S. 46,15—16 hör icke hit, ty det har sin fulla motsvarighet både hos Zingerle (s. 48,20) och i passionalet. S. 60,5—12 är ej något »plusstelle», ty äfven detta står i båda tyska legenderna, ehuru ordningen i isl. är något omkastad; det står nämligen i de förra litet längre fram och lyder (enl. pass.): *de iunghe konninghynne hadde ere kronen mit er ghebrocht de settede se vp. vnde hadde ok andere clenode mit er ghenomen.*

ropar sig på uppgifter hos andra, men detta är intet att fästa sig vid, såsom då han t. ex. s. 78,19 säger: *hvergi finnzt þat, at hann* (näml. *Osvaldr) hafe átt nockut barn* [1]), ty härigenom röjer han den största okunnighet, då enligt Beda Osvald efterlämnade en son, Oidilvald, "rex Deirorum", som uppträdde såsom fiende till Osvalds broder och efterträdare Osviu — sagans Osvinus — och en tid var Osvius medregent (Beda, Hist. Eccl. lib. III, Cap. XIV, XXIII f.).

Vi hafva hittills icke vidrört den ställning, som ifrågavarande högtysk-lågtysk-isländska bearbetning af Osvaldslegenden har till öfriga bearbetningar af densamma. Detta är också en fråga, som strängt taget ej tillhör den nordiska literaturhistorien. Det torde dock ej vara olämpligt att på detta ställe lämna några bidrag till legendens historia äfven utom Norden.

Den berömmelse som kristen konung och martyr, hvilken Osvald inom den romersk-katolska världen erhållit, torde i första rummet vara att tillskrifva Bedas framställning af hans lefnad uti tredje boken af sin "Historia Ecclesiastica". Ty på grundvalen af denna hafva sedan alla de legender om honom, som finnas intagna i legendarier, martyrologier o. d., uppstått. Så är förhållandet med den af broder Drogo från den helige Winnoc's kloster i Flandern i 11

---

[1]) De närmast föregående orden: *So finzt ok í sumligum historium af sancte Osvalldo, at hann hafe aldreigi þýðzt neina qvinnu* etc., hvilka Edzardi fäst sig vid, hafva sin motsvarighet i passionalet.

årh. författade "Vita S. Osvaldi regis et martyris" [1]) samt den John Capgrave tillskrifna, i "Nova Legenda Angliæ" intagna legenden "de sancto Oswaldo rege et martire". För dessa bearbetningar finnes en kort redogörelse i. Jón Sigurðssons företal till Osvaldssaga, s. 15 f. Detsamma gäller äfven två andra bearbetningar, som jag haft tillfälle att se, den ena på angelsaxiska med titel "Life of king Oswald", författad af Ælfric i början af 11 årh., (första gången utgifven af H. Sweet i An Anglo-saxon reader, Oxford MDCCCLXXVI, s. 95—102). Någon annan källa synes Ælfric ej hafva användt än Beda, hvilken han ock på flere ställen anför. Den andra är på latin och finnes trykt i en gammal legendsamling från 15 årh. Denna har omnämts af Daae i Norges Helgener, Kristiania 1879, s. 228, men uppgifves af honom felaktigt för manuskript. På grund utaf en af Daae framstäld förmodan, att denna samling skulle innehålla det lybska passionalets legender i latinsk form, har jag beträffande Osvaldslegenden närmare tagit reda på förhållandet. Det är genom prof. Konrad Maurers utomordentliga välvilja, som jag har blifvit i stånd därtill, då han icke blott meddelat mig upplysningar om nämda boks innehåll utan därtill äfven öfversändt mig en afskrift af Osvaldslegenden. Boken finnes i Münchens Hof- und Stadtbibliothek och är signerad Inc. 1703, b fol. Den innehåller först "Gesta romanorum cum applicationibus moralizatis ac mysticis"; därefter följer ett verk, innehållande legender, af hvilket dock titeln och de första 8 bladen

---

[1]) Bollandisternas Acta Sanctorum, 5 Aug.

fattas, och hvilket på sista sidan har följande tillägg: "Expliciunt hystorie plurimorum sanctorum nouiter et laboriose ex diuersis libris in unum collecte. impresse Louanii in domo Johannis de Westfalia Anno domini MCCCCLXXXV in octobri. Nota quod omnes historie hic collecte merito dicuntur noue quia licet quedam de istis etiam reperiantur apud plures, non tamen ita emendate et prolongate sicut in hoc libro. Patet istud in legendis sanctorum Frederici episcopi Quirini Gangulphi Oswaldi Kiliani Affre Juliane Stephani pape Alexandri et multorum aliorum". Osvaldslegenden är således en bland dem, som författaren särskildt framhåller såsom "emendate et prolongate". Och detta kan åtminstone till någon liten del vara sant. Någon fullständig undersökning häraf har jag dock ej kunnat företaga, då jag ej haft tillgång till Capgraves bearbetning. Men vid en jämförelse med Beda och Drogo har det visat sig, att den i hufvudsak innehåller detsamma, ehuru i förkortad form, som finnes i dessa, men till en del står den dock närmare den senare, nämligen i början. där den innehåller en uppgift, som ej finnes i Beda. Det heter nämligen om Osvald: "sicut autem de spinis rosa, sic idem Oswaldus de paganis parentibus ortus est", hvilket uttryck ordagrant återfinnes hos Drogo. Men att direkt anse Drogos arbete för originalet förhindras vi af andra ställen, på hvilka motsvarighet finnes endast hos Beda. Det är därför väl troligt, att den härstammar från en källa, ur hvilka Drogo själf öst. Några ställen förekomma ock, som visa en något annan framställning än den hos Beda och Drogo eller ock äro helt och hållet utan motsvarighet hos dem. Bland dessa vilja vi framhålla tvänne. Såsom Osvalds efterträdare nämnes endast Osvinus, under det att Beda omtalar två samregenter, Osviu och Osvini, af hvilka den förre snart dödade den senare och sedan regerade ensam. Orsaken till förändringen är lätt att finna; namnlikheten gjorde, att Osviu och Osvini förväxlades med hvarandra redan af afskrifvare af Bedas skrifter, och en bearbetare kunde därför lätt fatta dem som identiska. Vidare omtalas i denna bearbetning Osvald såsom ogift: "erat enim sine uxore et absque · concupiscentia carnis, mortificans carnem et membra sua cum uiciis et concupiscentiis. Commendans deo et sancto Johanni euangeliste corpus et animam". Detta är alldeles i strid med öfriga framställningar, i hvilka Osvalds förmälning alltid framhålles, och särskildt mot Bedas, som, såsom ofvan är nämdt, äfven vet att säga, att Osvald efterlämnade en son. I afseende på dessa tvänne punkter finna vi en motsvarighet i passionalet, utan att någon sådan finnes i den högtyska legenden. Redan i det föregående är det förra stället anfördt (sid. 11). Det senare förtjänar äfven att meddelas. Sedan Osvalds frieri och giftermål blifvit berättade, tillägger passionalet: Ok vint men in etliken hystorien van sunte Oswalde, dat he nee ene vrouwe hadde. men he leuede kuschlyken de daghe synes leuedes. vnde trostede de armen unde dede en vele gudes to allen tijden. vnde starff in deme strijde vmme des cristen louen willen als voer ghesecht is". Man kunde beträffande dessa två tillägg vilja tänka på den förklaring, som förut blifvit antydd, att passionalet härstammar från en annan högtysk text, än de af mig anförda, men samma skäl, som jag då trodde tala däremot, anser jag gälla äfven här, så mycket mer som det här är fråga om längre, väsentligare tillägg. Det är därför sannolikast, att samlaren af passionalet fått dem ur någon källa, som han haft till hands bredvid sitt egentliga original, och tanken ledes då närmast på den münchenska legenden. Denna förelåg trykt redan före det älsta passionalet, som är trykt 1488 [1]). Men att äfven andra bearbetningar funnits, som kunna hafva innehållit dessa framställningar, vill jag så mycket mindre bestrida, som Osvaldslegenden synes hafva varit en af de mest bearbetade inom den romersk-katolska världen under medeltiden. I Tyskland blef den tidigt poetiskt behandlad. En af de poetiska framställningarna ligger till grund för den högtysk-lågtysk-isländska bearbetning, som utgjort föremålet för denna undersökning.

---

[1]) Förutsatt att intet äldre finnes, hvilket jag naturligtvis icke vill bestrida, ehuru jag ej lyckats få se något äldre omnämdt.

2. Om Elis saga.

Bland de många romantiska sagor, som under 1200-talet öfversattes på norska, utgör Elis saga en af de märkligare, därför att dels den finnes bevarad i en hufvudsakligen ursprunglig form uti en afgjordt norsk handskrift (cod. delagard. 4—7 på Upsala bibl.), dels man också äger i behåll dess original, den franska dikten Elie de saint Gille (tillsammans med Aiol et Mirabel utg. af Foerster, Heilbronn 1876). Sagan har ännu ej blifvit utgifven, men en edition har blifvit utlofvad af prof. E. Kölbing, som redan offentliggjort en undersökning af dess sammanhang med den franska dikten (i Beiträge zur vergl. geschichte d. romant. poesie u. prosa des mittelalters, Breslau 1876). En egendomlighet för den norska Elissagan är, att slutet saknas, hvilket ej beror på någon ofullständighet i handskriften utan tydligen redan från dess öfversättning varit förhållandet. Därtill kan man sluta af de ord, med hvilka sagan afslutas i den norska handskriften: En huessu sem Elis ratt þæim vandræðum, ok huessu hann kom hæim til Franz með Rosamundam, þa er æigi a bok þessi skrifat. En Roðbert aboti sneri, ok Hakon konungr, son Hakons konungs, let snua þessi norrœnu bok yðr til skemtanar. Detta bör väl fattas så, att det original, som stod öfversättaren Roðbert ábóti — densamme som öfversatt Tristrams saga — till buds, ej innehöll något mer. Men utom den norska hs. finnas äfven några andra, hvilka alla äro isländska. I dessa förekommer ett slut till sagan, af hvilket Kölbing (Beiträge, s. 130) ger ett sammandrag. Men detta slut afviker helt och hållet från det, som förekommer i den franska dikten; ty enligt det förra vinner Elis slutligen Rosamunda, enligt det senare äktar han Auisse, kejsar Louis syster, emedan han ej kunde gifta sig med Rosamunda, då han varit hennes dopvitne; i stället gifver han henne åt sin trogne följeslagare, Galopin. Det gäller härvid att kunna afgöra, hvilken form är den ursprungligare. Kölbing söker göra troligt, att den isländska sagans afslutning tillkommit så, att en ny fransk handskrift anskaffats och det i den norska sagan felande efter denna ifylts. Således skulle den franska diktens afslutning vara mindre ursprunglig. Orsaken till detta antagande är, att han tror sig finna i den franska diktens senare del en afsiktlig omändring af händelserna "in malam partem", hufvudsakligen i fyra fall, af hvilka de två första redan förekomma i den norska sagan; 1) låter sagan Rosamundas broder Caifas i striden först förlora en arm, sedan blifva dödad, då han enl. fr. genast dödades; 2) enl. sagan vill konung Malkabret låta Elis åtnjuta den en gång gifna säkerheten, då han enl. fr. uppäggar sitt folk att döda honom; 3) enl. sagan blir konungen på Rosamundas förbön, sedan Elis segrat, återuppsatt på tronen, enl. fr. dödades han af Galopin; 4) enl. sagan äktade Elis

Rosamunda, enl. fr. konungens af Frankrike syster, Auisse. Mellan dessa har jag dock ej kunnat finna något nödvändigt sammanhang eller någon sträfvan hos den fr. bearbetaren, om en sådan måste antagas, efter framkallande af någon motsats. Olikheterna kunna lika väl vara uppkomna genom den nordiske bearbetarens godtycke. Särskildt visar det första snarare hos den senare en förändring "in malam partem" än hos den förre, och det sista har af de franske utgifvarne af Aiol förklarats på annat sätt, nämligen så att en senare fr. bearbetare ville sätta Elie i förbindelse med Aiol, hvilken de anse varit son till en annan Elie. Något annat exempel på ett sådant förhållande inom den isländska literaturen gifves också icke. En annan utväg att förklara den isländska afslutningens uppkomst erbjuder sig, hvilket äfven af Kölbing i förbigående antydes; den är att anse den för en själfständig tilldiktning af någon isländsk bearbetare. Det är ej något ovanligt att just de romantiska sagorna, då de öfverfördes till Island, underkastades en omarbetning. Då en sådan ock kom Elis saga till del, så omarbetades dels det förefintliga af den samma [1]), dels tilldiktades det saknade. Beskaffenheten af slutet lägger också intet hinder i vägen för detta antagande; ty det innehåller intet, som ej kan anses vara framkalladt af de föregående händelserna. Elis saga förlorar härigenom något af den betydelse, som tillagts

---

[1]) Jfr Kölbings yttrande (anf. arb. s. 111), att på det ställe, där en lucka finnes i den no. hs., olikheten mellan sagan och fr. dikten blir större. Detta synes bero på, att på Island sagan blifvit bearbetad.

den; särskildt förlora de franska utgifvarne af Aiol ett af stöden för den åsikt, som de framstält angående förhållandet mellan Elie och Aiol [1]). Då emellertid de franske författarnes mening synes vara värd all uppmärksamhet, så är det utan tvifvel att anse som en stor förlust, att den ursprungliga norska sagan icke är fullständig, emedan den skulle hafva i någon mån spridt ljus öfver denna fråga. Möjligen kan redan före diktens öfversättning till norska förbindelsen mellan Elie och Aiol uppstått.

---

[1]) Se Aiol et Mirabel par Normand & Raynaud, Paris 1877, s. xxvj.

3. Om Partalopa rímur.

I Arne Magnussons handskriftsamling i Köpenhamn förvaras under no. 440, 12:o en handskrift, innehållande en samling rimor öfver Partalopi, samma hjälte, som förekommer i sagan med detta namn. Då rimapoesin ej är utan sin betydelse, alldenstund det ofta är fallet, att rimorna grunda sig på äldre, sedan förlorade redaktioner, har jag ansett det nödvändigt att taga närmare reda på dessa för att undersöka, om de kunde gifva något stöd åt det antagandet, som på annat ställe (inl. till Partalopa saga) blifvit gjordt, att den nu bevarade Partalopa sagan utgör en bearbetning af den ursprungliga, under 13 årh. i Norge öfversatta sagan [1]).

Handskriften är af papper och, som det synes, skrifven i 17 årh. Troligen äro också rimorna att döma af det med utländska ord mycket uppblandade språket ifrån samma tid. I den förteckning öfver A. M. samlingen, som varit tillgänglig, angifves som författare "Þorvaldr Rögv." Rimornas antal är tio.

---

[1]) Genom välvilja af bibliotekarierna vid universitetsbiblioteken i Köpenhamn och Upsala har jag haft tillfälle att i Upsala studera rimorna, hvarför jag härmed betygar min tacksamhet.

Hvarje rima inledes af en "mansöngr" [1]). De särskilda rimorna omfatta följande delar af sagan: r. 1: s. 1—6,4; r. 2: 6,4—11,18; r. 3: 12,3—17,10 [2]); r. 4: 17,11—21,4; r. 5: 21,4—27,13; r. 6: 27,13—32,16; r. 7: 32,16—36,17; r. 8: 36,19—41,5; r. 9: 41,5—44; r. 10: 45. I afseende på framställningen afvika rimorna endast i oväsentliga fall ifrån sagan. Afvikelserna kunna i allmänhet förklaras som beroende på svårigheten att öfverföra sagan till poetisk form. Om några förekomma, som ej betingas af denna orsak, så äro de att skrifva på godtyckets räkning, då de, så vidt jag funnit, sakna hvarje stöd i andra bearbetningar. Endast i afseende på ett namn skulle man kunna tänka på en annan grund, nämligen namnet på Marmorias syster. Hon heter i sagan Urækia (el. Urakia), men i rimorna förekommer på ett par ställen formen Orragi, hvilken kommer närmare den franska Urrake. Jag vågar dock ej på detta enda fall bygga någon hypotes om rimornas ursprung ur en äldre redaktion; ty det är knappast troligt, att denna skulle lämnat spår efter sig blott i detta namn, som dessutom icke har endast denna form utan äfven den eljest vanliga Urækia. Det är väl därför endast en tillfällighet, att namnet här delvis uppträ-

---

[1]) Mansöngr är rimans lyriska element, i hvilket skalden besjunger dels sin egen, vanligen olyckliga kärlek dels kärlek i allmänhet, under det att i öfrigt en episk ton är rådande. Ordet betyder egentligen sång till en flicka, kärlekssång (se Kölbing, Beiträge, s. 143 ff.).

[2]) Handskriften är defekt, så att af r. 3 saknas en del, motsvarande s. 13—17 af sagan.

der i ett med det ursprungliga närmare öfverensstäm-
mande skick. Andra exempel på förändringar af nam-
nen finnas ock. Partalopis följeslagare heter jämte
Barbarus äfven och oftare Barus, och Cicilia har blif-
vit Risia. Då vi således hafva att som rimornas
källa endast hålla oss till den redaktion af sagan,
som nu finnes, återstår oss att undersöka, till hvil-
ken af de bevarade handskrifterna [1]) de närmast an-
sluta sig. Någon gemenskap med hs. A synas de
icke hafva. Däremot finnas flere exempel på öfver-
ensstämmelse med BCD och A. M. 119; t. ex. s.
6,1 f.: enn þegar hann var mettr, þa for i brvtt bor-
dit, heter i rimorna:

> Einn hann bæði át ok drakk
> eptir því sem lysti;
> seggjum øngum sagði þakk,
> sjálfum nema Christi.
>
> Var á hendr vatni steypt,
> vel sem kongum henti,
> ok skikkanliga hegðan hreyft,
> hverr sem at því þénti,

i enlighet med BCD och 119: hann etr nu ok dreckr
miog kurteisliga sem hann lystir, ok er hann er mettr,

---

[1]) A. M. perg. 533, 4:o; Holm. perg. 7, fol.; chart. 19
och 6, 4:o samt 46, fol. — alla dessa närmare beskrifna i Par-
talopa saga, s. X ff. — A. M. chart. 119, 8:o och Brit. Mu-
seum chart. 4860 — den sistnämda ej undersökt. En fullstän-
dig, nu förlorad hs. (perg.?) är omnämd af Verelius i Index
linguæ veteris Scytho — Scandicæ, Ups. 1691, under benämnin-
gen Orm Snorrasons bok (innehållande därjämte flere andra ro-
mantiska sagor).

þa var matr i burt borinn enn munnlaugar fram sett-
tar ok bord ofan tekinn;

s. 23,15 f.: skal þat a hvert land spyriazt, hversv
hædiliga ek skal þik a brvtt reka, rim.:

>Skalt at stundu hátt sem hundr
>
>hanga í frans upp sem þjófr innan lands,

i enl. med BCD o. 119: verdr þu heingdr hærra enn
nockur þiofr i franzs;

s. 31,4: leidr er hverr, er i molldina kemr, rim.:

>Margr verðr leiðr liðinn,

i enl. med BCD o. 119: leidr er hverr lidinn;

s. 31,24: Hvgi, rim., CD o. 119 Rikefor (B korrump.).

Särskild öfverensstämmelse med D och 119 har
visat sig i två fall: s. 6,6: tortisar, rim., D o. 119:
trón, och s. 34,6: xii, D o. 119: fimtán; samt med
119 i ett: s. 22,5: Cilicia, rim.: Risia, anslutande sig
till 119: Risilia.

Härmed är det viktigaste af rimorna meddeladt.
Något nytt hafva de ej lämnat och äro således af
underordnadt värde. De kunna dock tjäna till bevis
på, med hvilket intresse Partalopis ridderliga äfven-
tyr omfattades, då de blefvo föremål för den en tid
så populära rimadiktningen.